Títol
Fotògrafa Submisa
de
Erika Sanders
sèrie
Dominació i submissió eròtica

Sinopsi

Julia és una fotògrafa professional que li agrada immortalitzar els moments importants de la vida de les persones mitjançant les seves fotografies.

Estant en el seu estudi revelant les últimes fotos que havia pres a una família entra al local una nova clienta.

Aquesta clienta, una executiva molt ben posicionada i famosa, té un encàrrec per Júlia no molt convencional: Fotografiar escenes per a adults.

Julia està reticent per acceptar aquest encàrrec, però l'oferta de l'executiva és molt suculenta ...

Fotògrafa submisa és una novel·la de fort contingut eròtic BDSM i, al seu torn, una nova novel·la que pertany a la col·lecció Dominació Eròtica, una sèrie de novel·les d'alt contingut BDSM romàntic i eròtic.
(Tots els personatges tenen 18 anys o més)

Nota sobre l'autora:

Erika Sanders és una coneguda escriptora a nivell internacional, traduïda a més de vint idiomes, que signa els seus escrits més eròtics, allunyats de la seva prosa habitual, amb el seu nom de soltera.

índex

FOTÒGRAFA SUBMISA
ERIKA SANDERS

PRIMERA PART
L'oferta de treball

CAPÍTOL 1

Júlia es va asseure a la cambra fosca del seu petit estudi de fotografia mentre revelava imatges fotogràfiques.

La fotografia sempre havia estat la seva passió, i la va convertir en la seva carrera.

La noia de trenta anys observava atentament mentre es completaven les imatges.

Els penjar perquè s'assequessin i es va prendre un moment per admirar el seu treball per a una família amorosa.

Julia va detenir el seu treball quan va escoltar sonar la campana després que s'obrís la porta principal.

Va ser a la recepció i va veure una dona executiva d'uns quaranta anys, vestida com algú que treballava en una oficina molt elegant.

"Bona tarda", va dir Julia amb una càlida somriure. "Benvinguda al meu estudi de fotografia. El meu nom és Júlia. En què puc ajudar-la?"

La dona professional li va tornar el somriure.

"Hola Julia. Em dic Catherine".

Es van donar la mà mentre Julia es parava darrere de taulell.

"Un plaer conèixer-te, Catherine. Hi ha res que pugui fer per tu avui? Estàs buscant alguna cosa en particular?"

"En realitat ho estic. M'encanta el teu treball. Crec que ets excel·lent per prendre retrats i capturar moments especials".

Julia es va posar vermell.

"Gràcies. Estàs aquí per recomanació?"

"Investigació, en realitat. Crec que les imatges que tens al teu lloc web són genials. Ets una dona molt talentosa".

"Faig el millor que puc".

"Llavors, com funciona aquest procés?" Catherine va preguntar. "La gent es contacta amb tu, et diu el que vol i després els treus fotos? Sóc nova en això, òbviament".

"En general, així és com funciona. A vegades les persones vénen al meu estudi si volen prendre retrats, o de vegades em contracten per anar al seu domicili".

"Quin tipus de fotos sols prendre?"

"Depèn", va respondre Júlia. "Si he de sortir, generalment és per a casaments, cerimònies, graduacions, coses així. En el meu estudi, generalment tom retrats familiars".

"T'importa si et faig una pregunta personal?"

"Endavant."

"Ganes molts diners fent això?"

"És una vida digna".

"Julia, no vaig a malgastar el teu temps", va dir Catherine en un to de negocis. "Estic buscant contractar un fotògraf per a una sèrie de sessions fotogràfiques. Pagaré uns bons diners i requereixo discreció completa. Totes les imatges estaran orientades a adults".

"Això no hauria de ser un problema", va respondre Julia amb confiança. "He fet molta feina de nus abans. Em sento còmoda amb aquest tipus de coses".

"Quin tipus d'experiències tens a l'respecte?"

"A la universitat vaig tenir algunes classes d'art de nus. En la meva carrera de fotografia, vaig prendre retrats sensuals de nus per a dones. És una sol·licitud bastant comú. Assumeixo que vols alguna cosa així".

Catherine va somriure.

"No de el tot. El que faig implica una mica més d'erotisme".

"És pornogràfic?" Julia va preguntar amb cautela.

"No sóc una persona a qui li agradi posar etiquetes a les coses. Exploro els límits de la sexualitat humana d'una manera molt particular. Tinc amics especials i m'agradaria que documentis algunes de les nostres sessions amb el teu conjunt únic d'habilitats. Com a fotògrafa ".

Júlia estava una mica desconcertada.

"No puc. Em sap greu. No obstant ofendre, però probablement no podria fer la meva millor treball en aquest entorn".

Catherine va buscar dins la seva bossa i va col·locar una targeta de negocis sobre la taula.

"Gràcies pel teu temps", va respondre Catherine cortesament. "Com a artista, esperava que tinguessis una ment oberta a totes les formes d'art que involucren el cos humà. Si tens curiositat pel que faig, Llámame. Encara espero que puguem treballar juntes eventualment. Que tinguis un gran dia."

"Tu també. Gràcies per venir. Demano disculpes per no poder ajudar-te".

"No et disculpis. Això no és per a tothom. Al revers de la meva targeta he escrit la quantitat que pagaria pels teus serveis. Pensa-t'ho".

Dit això, Catherine es va girar i va sortir de l'petit estudi.

Havia estat l'oferta més inusual que Júlia havia rebut des que va començar el seu propi negoci de fotografia.

Mai abans havia estat sol·licitada per alguna cosa obertament sexual.

Va agafar la targeta i la va mirar.

Per a la seva sorpresa, Catherine tenia una posició d'alt nivell en un important banc d'inversió de la ciutat.

Julia va voltejar la targeta i va veure el preu que Catherine estava disposada a pagar, i la va sorprendre.

CAPÍTOL 2

Més tard va estar pensant aquella nit.

La curiositat encara estava en la ment de Julia abans d'anar a dormir, tot i que una part d'ella volia mantenir-se allunyada de Catherine.

Va ser a les escombraries on l'havia tirat i va treure la targeta de presentació de Catherine, que l'havia convertit en una boleta.

La desdoblar i va un altre cop d'ull.

Després va ser al seu ordinador per a una revisió ràpida.

Després d'una breu recerca, Julia va trobar la pàgina de LinkedIn de Catherine.

Catherine era una executiva dona de negocis experimentada amb una alta posició en un important banc d'inversió.

La quantitat d'experiència que Catherine tenia d'un alt nivell va ser sorprenent per Julia.

Julia va continuar la seva recerca en línia i va trobar la pàgina de Facebook de Catherine, que estava oberta a tothom.

Va mirar a través de les fotos personals de la dona de negocis.

Catherine era bella, elegant, sofisticada, amb una aura dominant.

Júlia es va preguntar per què una dona així estaria interessada a fer fotografies explícites.

Però, evidentment, tots tenen els seus secrets, va pensar Júlia.

La intriga va ser suficient perquè Julia canviés d'opinió.

Al capdavall, ¿què tan sòrdides podrien ser aquestes imatges?

Segurament havien de ser de bon gust.

Va obrir el seu correu electrònic i li va escriure un missatge a Catherine:

"Hola Catherine

Espero que ho estiguis passant bé. Sóc Julià de l'estudi de fotografia. He pensat molt en la teva oferta i podria reconsiderar la meva postura sobre el tema, si encara estàs interessada a treballar amb mi. Però primer, tinc algunes preguntes. Hi ha un moment apropiat de quan podem parlar per telèfon? O t'agradaria continuar comunicant per correu electrònic? Fes-m'ho saber.

Cuida't,

Julia "

Va mirar el rellotge i ja eren les onze i vint-i- cinc de la nit.

Julia va apagar l'ordinador i va altre cop d'ull a la targeta de visita.

Li va donar la volta i va mirar la nota escrita a mà de Catherine: Cinc-cents dòlars per hora.

Només hi havia tornat més curiosa quan es va anar al llit.

CAPÍTOL 3

El matí següent va ser un matí típica per Julia.

Quan no hi havia clients potencials o clients en el seu petit estudi, passava el seu temps a la cambra fosca revelant més fotos.

Era un treball tediós, però ella ho gaudia.

Quan va acabar, va deixar la cambra fosca i va mirar el seu ordinador portàtil que estava sobre el seu escriptori.

Hi havia diversos correus electrònics nous.

Els ulls de Julia van recórrer breument la llista de missatges, que majoritàriament estaven relacionats amb el treball.

El que instantàniament va cridar la seva atenció va ser la resposta per correu electrònic de Catherine.

Ella la va obrir:

"Julia

M'alegra que hagis reconsiderat la meva oferta. És millor si ens reunim en persona per discutir això. Vine a la meva oficina el divendres a les vuit del matí. Et donaré una cita perquè la recepció i la meva secretària et deixin entrar.

Catherine "

El breu correu electrònic va ser més que suficient per despertar l'interès de Julia una vegada més.

Va ficar la mà a la seva bossa per buscar a la targeta de presentació de Catherine la direcció de la seva oficina al centre.

Ella va usar Internet i va buscar les instruccions per arribar allà des de casa, i es va assegurar de mantenir el seu horari buidat per al divendres al matí.

SEGONA PART
La sala d'esclavitud

CAPÍTOL 4

Julia estava nerviosament parada a l'elevador mentre aquest pujava al gran edifici.

Portava una camisa botonada amb una faldilla d'oficina per veure apropiada en l'entorn corporatiu.

Quan l'elevador finalment va arribar a el pis, Julia tímidament va buscar l'oficina de Catherine a l'àrea estranya per a ella.

Quan la va localitzar, es va acostar a una jove secretària que li va permetre entrar a l'oficina.

Silenciosament va empassar saliva quan va entrar i es va adonar que acabava d'interrompre el treball d'oficina de Catherine, fos el que fos en aquell moment.

"Si us plau, pren seient", va dir Catherine cortesament des de darrere del seu escriptori. "M'alegra que hagis canviat d'opinió sobre una possible relació".

Júlia es va asseure i es va relaxar.

"Bé, vaig pensar i em vaig adonar que probablement sigui una mica de bon gust".

"Mira la meva oficina. Per descomptat, tot el que faig és de bon gust", va dir la dona de negocis en to de broma.

"Definitivament puc veure això."

"I estic segura que els diners que ofereixo ha ajudat a convèncer-te, ¿és correcte?"

Julia es va posar vermell.

"Això és part d'això".

"Bé", va assentir Catherine. "Estima la teva honestedat. No hi ha vergonya a voler més diners".

"Els diners sempre és bo. No sóc exactament rica. Però més que res, m'encanta l'art de la fotografia. M'encanta capturar imatges de persones que duraran tota la vida. Sembles una persona realment interessant i explicar la teva història amb les meves fotos era una oportunitat que simplement no podia deixar passar ".

"Sabia que triava a la dona adequada per al treball", va somriure Catherine.

"Et faria res donar-me una idea del que vols? Entenc la teva necessitat de discreció donat el tema. Però en aquest punt, m'agradaria saber en què m'estic ficant".

"Estàs familiaritzada amb l'esclavitud i l'estil de vida sadomasoquisme?"

Júlia es va sorprendre.

"Sí que ho sóc."

"Què em pots dir a l'respecte?"

Júlia va pensar per un moment.

"No gaire. Només sé les coses clixé que veig a la televisió. Ja saps, fuets, cadenes, cuir. Aquest tipus de coses".

"Això és només un petit aspecte de l'fetitxe", va explicar Catherine. "El veritable BDSM es tracta de dominació i submissió. Es tracta de la pèrdua de poder i de lliurar-se completament a una altra persona. De manera segura i consensuada, és clar. Els fuets i les cadenes són meres eines per aconseguir un objectiu específic".

"És, com, una mestressa o alguna cosa així?" Júlia va preguntar en un to tímid.

"No m'agraden les etiquetes. Però crec que encaixaria amb aquesta descripció. ¿Això et molesta?"

"En absolut. Umm, crec que l'empoderament femení és una gran cosa".

"Jo també", va assentir Catherine. "I vas a veure un gran empoderament femení quan vinguis a la meva habitació especial. La majoria dels meus submisos són empresaris poderosos en la seva vida quotidiana. Es molesten a fer que els posi de genolls en privat".

"I tu?"

"¿Jo què?"

"Et sotmets també?" Júlia va preguntar.

Catherine va somriure.

"Per descomptat que sí. No estaria fent això si no estimés cada segon".

"Com funciona això? Vull dir, vénen a visitar-te? ¿Llavors què? ¿Els pegues o alguna cosa així?"

"Tinc una sala especial d'esclavitud en el meu àtic", va respondre Catherine. "Em trobo amb diferents submisos de el món corporatiu. És una cosa exclusiu. Usualment els caps de setmana. Només per una hora".

"Per què una hora?" Júlia va preguntar.

"És la quantitat de temps perfecta, al meu entendre. Si durés massa, les coses començarien a fer mal, de mala manera. Si fos massa curt, no hi hauria prou joc previ per construir coses. Una hora és la quantitat de temps perfecta per construir un clímax increïble ".

"Sona provocatiu".

"Espera fins que ho vegis", va dir Catherine. "Porto una màscara daurada. És com un alter ego que tinc. Una vegada que la màscara està posada, em converteixo en una persona diferent. Si la gent pensa que sóc una gossa a l'oficina, espera fins a estar a la meva habitació d'esclavitud amb mi amb la màscara posada i un fuet a la mà. Em converteixo en alguna cosa completament diferent ".

Júlia es va sentir atreta per Catherine.

Era un nou món de llibertat sexual sense les restriccions de les inhibicions personals.

El rebutjava d'alguna manera, però a el mateix temps, era completament fascinant.

No podia esperar per veure-ho i capturar-a la cambra.

"Vols que fotografii tota l'experiència, oi?" Julia va preguntar, per deixar-ho clar.

"Vull que fotografies tot, excepte els rostres. La discreció és molt important, ja que els meus submisos són majoritàriament individus rics. No et permetrà saber qui són. Estaran emmascarats tot el temps".

Els dits de Julia es van moure nerviosament.

"Seré honesta. Tot això em sembla estrany. Mai m'han demanat que formi part d'una cosa així abans. Ni tan sols he vist aquestes coses en vídeo, que no vol dir que no hagi vist pornografia. Tot és molt nou per jo."

"Llavors t'envejo", va respondre Catherine.

"De debò? Per què?"

"Perquè exploraràs això per primera vegada, amb ulls verges".

"Definitivament aquest serà el cas", va respondre Júlia.

"Digues-me, estàs satisfeta amb la teva vida sexual?"

"Què vols dir?"

"Estàs satisfeta sexualment?" Catherine va preguntar sense embuts. "Et corres com vols? T'agradaria tenir millors orgasmes? T'agradaria que algú et fotés en cos i ànima?"

Júlia es va sorprendre per la línia de preguntes de la respectable dona de negocis.

"La meva vida sexual podria ser millor", va admetre. "Estic soltera. No he sortit en molt de temps. És el preu personal que pagament per administrar el meu propi negoci".

"Així que probablement et masturbes molt".

"Més o menys."

Catherine va prendre un bolígraf i un bloc de notes i va començar a escriure.

Quan va acabar, li va lliurar la nota a Julia.

"Aquesta és la direcció del meu apartament", va dir Catherine. "La propera sessió és el dissabte a les deu de la nit. No arribis tard. Se't pagarà cinc-cents dòlars per tota l'hora. Presa fotos del que vulguis, excepte les cares o qualsevol cosa que pugui usar-se per identificar algú. Les imatges em pertanyeran exclusivament. Així que no les publiqui en cap costat. El meu secretària tindrà un contracte i formularis de confidencialitat llestos perquè els ferms quan surtis de la meva oficina. Això serà tot per ara ".

Júlia es va posar dret.

"Gràcies. Espero ansiosa la nostra reunió de dissabte".

Catherine també es va aixecar, i les dues dones es van donar la mà per tancar informalment el tracte.

"Una cosa més, fa servir un bonic vestit quan vinguis. Vull que et vegis bé".

La mirada a la cara de Julia va canviar.

En aquest mateix moment, acabava d'adonar d'en què s'estava ficant.

CAPITOL 5

Després de reunir-se amb la secretària per signar els formularis i acords, Julia va sortir ràpidament de l'edifici corporatiu per respirar aire fresc.

La seva ment era una barreja d'emocions.

Tenia curiositat, però estava nerviosa.

Estava intrigada, però reticent.

Es va adonar que tot això estava al capdavant, però ja era massa tard per retrocedir.

Ella ja havia donat la seva paraula, havia signat els contractes i no hi havia marxa enrere.

El carrer de centre estava plena i ella observava als empleats corporatius caminar cap als seus destins, mentre que ella romania immòbil completament nerviosa.

Julia va veure una petita cafeteria a l'aire lliure i es va acostar per fer cua.

Necessitava desesperadament alguna cosa forta per beure.

En el moment en què Julia va fer cua, va escoltar una veu que la cridava des del darrere.

Es va girar i va veure a la secretària personal de Catherine apropant-se a ella amb un somriure.

La secretària era sorprenentment jove, d'uns vint anys, i era molt bonica.

"Vaig oblidar signar alguna cosa?" Julia va preguntar, mentre la secretària s'acostava.

"No. Tot això ja està fet. Estic en el meu hora de descans i volia parlar amb tu".

"Oh, per què?"

"Sé per què t'han contractat", va dir. "Quan vas signar els documents, semblaves terroritzada, com si estiguessis signant un contracte per la teva vida".

"Pots culpar-me per sentir-me així?"

La secretària va somriure.

"És un sentiment normal. Sé exactament pel que estàs passant".

"Tu ho saps?" Júlia va preguntar.

"Sí. Diguem que vaig passar per un extens procés d'entrevistes per aconseguir el meu treball com a secretària de Catherine".

Júlia no va trigar gaire a establir la connexió.

Immediatament es va adonar que la bella jove secretària era sexualment submisa amb Catherine.

Julia va fer tot el possible per evitar veure sorpresa.

"Llavors, tu i Catherine?" Júlia va preguntar suggestiva i curiosament.

La secretària va assentir orgullosament.

"Vaig sol·licitar la feina sabent que no estava qualificada per treballar per a una dona corporativa de primer nivell. Però vaig pensar que no tenia res a perdre. Em va entrevistar personalment. Em vaig adonar que li agradava la meva aparença. I abans d'adonar-me, vaig signar molts dels mateixos documents que tu vas fer. Després ella em va deixar entrar al seu món privat d'aventura ".

"Per què em dius això? No vull semblar grollera, però aquesta no és exactament la informació que hauria de compartir".

"Sembla que podries necessitar una amiga. No vull que estiguis nerviosa".

"Gràcies", va respondre Júlia. "No obstant això, ja estic nerviosa. No puc evitar sentir que he comès un gran error. No estic segura de poder gestionar un fetitxe així".

"Vaig pensar el mateix quan vaig començar a involucrar-me amb ella. Estava terroritzada quan vaig veure per primera vegada el seu quart d'esclavitud. Les meves mans tremolaven quan vam començar el procés. Però ara, no puc estar sense això".

"Què et va fer canviar d'opinió?" Júlia va preguntar.
"El plaer."

CAPÍTOL 6

Dissabte a la nit.

Julia va ser a l'departament amb la seva càmera en el seu estoig, i portava un vestit groc que havia comprat específicament per a l'ocasió.

Eren les nou del vespre.

Va arribar una hora abans de la cita quan va pujar per l'ascensor.

Ser puntual era part de la feina.

Quan va arribar a el pis, Julia va caminar cap al departament de Catherine i va cridar.

No va haver d'esperar molt de temps perquè Catherine obrís la porta descalça, amb una bata de seda.

El cabell de Catherine estava ben pentinat, a l'igual que el seu maquillatge perfecte.

"Arribes d'hora", va somriure Catherine.

"Sempre m'agrada arribar d'hora. És un problema? Sempre puc tornar una mica més tard ..."

"No, no, està bé. Entra. M'alegra que arribis d'hora. Ens dóna l'oportunitat de parlar una mica més".

Julia va entrar a l'apartament i es va meravellar de tot.

"Bell lloc", va dir Julia amb admiració. "Això és meravellós. Mai havia vist una cosa així a la ciutat".

"Hi haurà moltes coses aquesta nit que ho has vist abans".

"Estic segura que tens raó. Puc veure el teu habitació d'esclavitud? M'encantaria prendre-li unes fotos ara mateix".

"Encara no", va respondre Catherine. "Vull que prenguis fotos quan tot comenci, no abans".

"Bé."

"Alguna cosa temorosa?"

Júlia va pensar per un moment.

"Lleugerament. Però estaré bé. No obstant això, definitivament tinc curiositat. Mai he estat part d'alguna cosa com això".

"Ets el tipus de dona que va a gaudir d'això. Puc sentir-ho".

"Què et fa dir això?"

"He estat fent això per molt temps", va respondre Catherine. "Puc saber molt sobre els hàbits sexuals de les persones amb només mirar-les. Després d'aquesta nit, estic segura que estaràs ansiosa per tornar. T'enganxaràs. Confia en mi".

Julià de cop i volta es va sentir incòmoda per la suposició de Catherine.

Ella va tractar de seguir sent professional i seriosa.

"Llavors, què pots dir-me sobre el convidat d'aquesta nit?" Julia va preguntar, canviant de tema.

"És ric. És un amic meu des de fa molt de temps. En general, rebut consells de negocis d'ell, però sexualment, pren les seves ordres de mi. No veuràs la cara i no coneixeràs la seva identitat".

"A quina hora arribarà?"

"Ja és aquí", va somriure Catherine.

"¿Ell està ...?"

Catherine va fer un gest mirant cap al passadís.

"Està a la meva habitació principal. Vols que donem una ullada?"

Les dues dones van caminar pel passadís de l'luxós departament.

El ritme cardíac de Julia es va disparar com si estigués fent un exercici cardiovascular.

El seu cor bategava ràpidament quan Catherine va obrir la porta de l'habitació principal.

"Aquí està", va dir Catherine.

Júlia gairebé es va sorprendre quan va veure a un home de mitjana edat assegut al llit, vestit només amb la seva roba interior.

El seu rostre i cap estaven coberts amb una màscara de cuir negre.

Hi havia forats en ell perquè pogués veure i parlar.

Va mirar directament a Julia.

El cos d'ell reflectia la seva edat i la seva figura era suau i grassoneta.

Les seves mans estaven lligades juntes per una corda.

"Què penses?" Catherine va preguntar amb una limítrof somriure maligna.

"Jo ... no sé què pensar".

"Bé, tens por del que li faré? ¿Això t'excita d'alguna manera? Has de tenir algunes idees a l'respecte".

"Certament és una imatge molt provocativa".

Catherine va somriure.

"Si creus que això és provocatiu, espera fins que comenci l'espectacle. No obstant això, encara no és hora".

Va tancar la porta de l'habitació i es van quedar al passadís.

"Mentrestant", va dir Catherine, mirant el cos de la fotògrafa. "Vaig pensar que t'havia dit que usessis un bonic vestit per a aquesta nit."

Júlia va mirar breument el seu vestit groc barat.

"Em sap greu. Això va ser el millor que vaig poder trobar".

"No és prou bo. Segueix-me".

Les dues dones es van dirigir cap a una habitació diferent a la fi de passadís.

Era una habitació de convidats, que era tan impressionant com l'habitació principal.

L'habitació estava ordenada i el llit semblava acabada de fer.

Catherine va obrir l'armari i va buscar breument entre la gran varietat de roba cara.

Quan va trobar el que estava buscant, ho va llançar sobre el llit.

Era un vestit negre elegant i prim.

"Posa-te'l", va dir Catherine. "No vull que facis servir res més que això, ni tan sols les teves sabates".

"Què passa amb la meva sostenidor i les meves calces?"

"Tampoc. ¿Serà això un problema?"

Julia va sacsejar el cap.

"No."

"Bé. Vesteix-te en aquesta habitació. Tornaré aviat un cop que em posi les botes i em desfaci d'aquesta bata".

"Bé."

"Estàs a punt per això?" Catherine va preguntar.

"Ho estic."

"Et veus incòmoda. Està bé estar nerviosa. Però si no vols continuar, també està bé. Sempre puc trobar algú més i fins i tot et pagaré per aquesta nit".

Julia va respirar breument.

"No. Vull fer això. Em posaré el vestit i estaré a punt quan tu ho siguis".

"Excel·lent", va somriure Catherine, abans de girar-se per allunyar-se.

Júlia es va quedar sola a la luxosa habitació de convidats.

Va mirar el vestit negre que jeia al llit i es va preguntar quant valdria. Semblava car.

Va baixar la càmera, després es va treure el vestit groc i el va llançar sobre el llit.

Es va treure les sabates.

Finalment, com Catherine va sol·licitar, es va treure el sostenidor i les calces, i es va quedar nua a l'habitació.

Es va quedar mirant el seu aspecte nu al mirall, notant com de normaleta es veia.

Va agafar el vestit negre i l'hi va posar, i després es va mirar al mirall una altra vegada.

Aquesta vegada, ella es veia molt diferent.

Semblava una dona de classe i elegància.

"Bella", va dir la veu de Catherine des del passadís.

Júlia es va sorprendre que l'haguessin observat, però no estava segura de quant temps.

Els seus ulls es van obrir de sorpresa quan va veure a Catherine amb una cotilla negre i llargues botes negres.

L'aparença de Catherine estava en marcat contrast amb el seu abillament professional habitual.

"Oh, gràcies", va respondre Julia tranquil·lament. "Et veus bonica també".

"Ara ja és l'hora. He tret l'assegurança de la meva habitació especial. És a la fi de passadís. Espera m allà amb la teva càmera llista, i jo portaré al nostre convidat especial. Ets lliure de prendre les fotos com tu vulguis. No et donaré instruccions sobre com fer la teva feina. Depèn de tu ".

"Gràcies."

Catherine es va fer a un costat, indicant-li a Julia que era hora d'anar sola a la sala d'esclavitud.

Julia va respirar suaument i, amb la seva gran càmera a la mà, va passar al costat de Catherine i es va dirigir pel passadís cap a l'habitació oberta.

CAPÍTOL 7

La sala d'esclavitud era gran i les parets estaven cobertes de encoixinat negre.

Era una habitació molt ben il·luminada.

Els ulls de Julia van recórrer els diferents articles i artefactes sexuals que estaven exposats.

Hi havia una gran varietat de consoladors, joguines sexuals, cadenes i abraçadores.

Hi havia una cadira i una taula a l'habitació, que eren els únics mobles disponibles.

Hi havia un gran rellotge a la paret per garantir que cada sessió durés exactament una hora.

No va ser fins que va sentir el so dels talons de Catherine fent clic a terra que Júlia va recordar que tenia un treball específic que fer.

Estaven arribant, i Julia va preparar la seva càmera per fer fotos.

El primer que va veure Júlia entrar a l'habitació va anar a l'home de mitjana edat, amb les mans encara lligades i la cara encara coberta per protegir la seva identitat.

Julia va fer una foto d'ell.

Llavors Catherine va entrar a l'habitació.

Portava una màscara d'or brillant que cobria la cara, però permetia que el seu cabell caigués lliurement.

La màscara semblava com creada al segle XV aproximadament per a alguna família reial, va pensar Júlia.

Julia va fer fotos de Catherine guiant l'home a l'habitació i després tancant la porta.

Julia va observar amb curiositat com l'home lligat havia de agenollar-se.

Catherine li va ordenar posar-se de genolls i romandre en silenci.

Julia va prendre més fotos.

Catherine es va acostar a la seva col·lecció de joguines sexuals i va buscar el que volia.

Finalment es va decidir per un consolador llarg de color carn.

Però ella encara no havia acabat.

Va lligar el consolador a un cinturó i després l'hi va posar sobre la seva cotilla de cuir.

Julia va prendre més fotos.

"Estàs a punt aquesta nit?" Catherine li va preguntar al seu home submís.

"Mmm ... Hmmm ..." ell va murmurar en resposta.

"Bon noi", va dir Catherine en un to condescendent. "Ara vull teu petit darrere inclinat sobre la taula".

L'home es va posar dempeus i es va col·locar sobre la taula, amb l'estómac sobre ella i les cames separades.

L'home va demostrar que havia fet això diverses vegades abans, i que estava gaudint cada moment, sense importar com tempestuós o degradant semblés l'experiència per a una persona normal.

Catherine va prendre una petita pala de fusta i va començar a colpejar suaument el darrere de l'home.

A el principi va ser suau, com si a ella li importés el seu benestar.

Amb la pala va començar a colpejar-lo més fort, després més fort encara.

L'home va començar a fer murmuris amb la boca quan els cops es van fer més intensos.

Júlia gairebé es va sentir malament per ell, però va fer el seu treball i va fer fotos al seu lloc.

"T'agrada això, petit porc?", Li va dir Catherine, continuant amb la pala.

"Mmm ... Hmm ..."

"Tinc alguna cosa més per a tu".

Catherine va deixar la pala i va lligar les mans i els turmells de l'home als diferents racons de la taula.

Va quedar atrapat.

Tota la seva confiança estava diposidata completament en Catherine.

Estava a la seva voluntat ia la seva mercè.

Va agafar una ampolla de lubricant i va cobrir una gran quantitat a la punta del seu dit.

Julia va fer fotos de primer pla de el dit lubricat de Catherine.

Llavors Julia va fer fotos de primer pla de l'dit que entrava a l'anus de l'home.

Ell va gemegar quan estava sent penetrat pel dit de Catherine.

Després li va inserir dos dits.

Després tres.

Júlia es va preguntar si l'home l'estava gaudint.

Però aquest no era cosa seva.

El treball de Julia era fer una foto de la penetració, i ho va fer, amb la càmera captant tot.

L'estómac de Julia gairebé es va enfonsar quan va veure a Catherine posicionar darrere de l'home, amb el gran penis que tenia lligat a la cintura apuntant directament a l'posterior estès de l'home.

Julia estava a punt per cridar i suplicar en nom de l'home indefens sobre la taula.

Ella volia aturar aquesta bogeria en nom seu.

Però ella no ho va fer.

No era el seu paper.

Tenia la boca oberta en estat incredulitat, i va baixar breument la càmera per poder veure la penetració anal amb els seus propis ulls.

Era una vista discordant.

Va aixecar la seva càmera, va apuntar directament a la penetració anal i va prendre més fotos.

CAPÍTOL 8

Dilluns.

Era d'hora al matí i Julia estava parada en el seu cambra fosca revelant totes les fotos que havia pres per Catherine.

Hi havia més de dues-centes imatges en total.

Els primers lots estaven llestos.

La qualitat de la imatge era bona, i ella admirava el seu propi treball.

Sabia que Catherine estaria contenta amb la forma en que va capturar la sala d'esclavitud.

Sabia que a Catherine també li agradaria com va ser capturat l'home submís.

Hi havia imatges que captaven Catherine amb el seu abillament, i havia primers plans de la màscara d'or.

Julia va mirar breument la resta de les tires de pel·lícula que havia pres.

Va mirar les imatges de l'home xuclant l'objecte sexual, sent assotat, després sodomitzat per un llarg període pel gran cinturó.

Els batecs del seu cor es van elevar.

Després va mirar les imatges de l'home sent sacsejat per Catherine.

Aquest havia disparat una càrrega massiva de semen a terra, que després se li va ordenar netejar amb la llengua.

Julia va sentir una sensació de cremor entre les cames.

Estava excitada en el seu cambra fosca, de la mateixa manera que ho havia estat a l'habitació d'esclavitud de Catherine.

Es va descordar els pantalons i va lliscar la mà dreta per les calces.

Va mirar la pel·lícula que s'estava revelant, l'home xuclant el consolador mentre estava de genolls, i es va tocar sexualment.

Va recordar tot el que va sentir quan el va veure tot per primera vegada.

Ella ho va visualitzar sent sodomitzat, i Catherine masturbándolo.

Es va tocar pensant en l'home xuclant els pits de Catherine.

Va pensar en tots els comentaris verbalment degradants que li va dir i en la difícil situació en què se li va posar a ella.

Llavors, Julia es va imaginar a si mateixa en la posició de l'home.

Es va preguntar si podria gaudir de que li fessin xuclar un consolador i que la sodomizaran en una posició tan degradant.

Quan va tenir un orgasme a la cambra fosca es va adonar que la resposta era sí.

TERCERA PART
Màscara daurada i vestit negre

43

CAPÍTOL 9

Dos mesos després Julia portava un vestit nou quan va anar a l'oficina de Catherine.

L'havien convidat a una reunió privada.

Quan va arribar a el pis ja sense dubtar, va tenir una breu discussió amb la secretària, i se li va permetre entrar a l'oficina de Catherine.

Les dues dones es van saludar amb una abraçada, i ambdues van seure en els llocs respectius, amb Catherine darrere del seu escriptori gran i Julia asseguda davant.

"Honestament puc dir que ets la millor empleada que he tingut", va afirmar Catherine. "Això vol dir alguna cosa, donada la quantitat de persones qualificades que han treballat per a mi al llarg dels anys".

Un sentiment d'orgull es va apoderar de Júlia.

"Gràcies. Ho faig el millor que puc".

"T'agrada tenir-me com ocupadora? Tinc una reputació de ser una veritable gossa, la qual cosa és ben merescut".

"No crec que siguis una gossa en absolut", va respondre Julia juguetonamente. "Crec que ets una dona forta. I ets fàcilment l'empleadora més intrigant que he tingut. Cada setmana és una cosa al·lucinant. M'encanta. Sempre espero amb ànsies les nostres reunions".

"Bé, desafortunadament, els teus serveis ja no seran necessaris", va dir Catherine en un to comercial directe. "Has completat la teva tasca fotografiant a tots els meus submisos. Crec que has fet una feina meravellosa. La teva feina ha superat amb escreix les meves expectatives".

Júlia es va sorprendre.

Li havia encantat gaudir, mirar i fer fotos de la vida sexual secreta de Catherine.

Anar al seu departament els dissabtes a la nit era la seva emoció de la setmana.

I es masturbava en privat cada vegada que tornava a casa.

També s'havia encapritxat amb la companyia de Catherine setmanalment.

"Oh, bé, m'alegro que t'hagi agradat el meu treball", va respondre la Júlia, tractant de no sonar devastada.

"No sóc l'única a la qual li agrada. Tots els meus submisos masculins estan d'acord en que has fet un treball excepcional amb la teva fotografia. Rebràs una bonificació considerable per això. Quan surtis de la meva oficina, la meva secretària ho farà, lliurant-un sobre amb els diners ".

"És molt amable per part teva."

Catherine va somriure.

"No és cap problema."

"Hi ha alguna manera de que ... puguem ... continuar amb això?" Julia va preguntar amb tota la confiança que podia reunir. "Com a fotògrafa, crec que hi ha moltes més coses que podríem explorar, i que encara no hem fet".

Catherine va aixecar una cella.

"De debò? Llavors, la petita i tímida fotògrafa vol seguir treballant per a mi. Això és interessant".

"Bé, estic interessada en el teu passatemps", va admetre Julia malgrat seu. "És una cosa fascinant, i crec que hem fet un gran treball junts en termes de fer art".

Catherine va pensar per un moment.

"Puc tenir una altra cosa per a tu. Sense garanties. Però podria estar fora del teu abast".

L'atenció de Julia es va despertar sobtadament.

"Què és?"

"El fetitxe de l'esclavitud és més comú en el món dels negocis del que penses. És molt popular entre els homes poderosos, perquè estimen el canvi de rols. Els encanta cedir el control a les dones seductores després de ser el cap tot el dia. Estàs interessada fins ara? "

"Segur."

"Genial. Em posaré en contacte amb els organitzadors de l'esdeveniment per veure si pots unir-te".

"¿Esdeveniment?" Júlia va preguntar.

"Sí, és un petit esdeveniment que passa de tant en tant. És una festa d'esclavitud, bàsicament, on els rics i poderosos es diverteixen realment, com a adults".

"Això sona com una cosa que m'encantaria veure".

Catherine va somriure.

"No tens idea. És tan brut i vulgar, que tots estan emmascarats. Tot és completament discret. A més, és una tradició".

"Què estaria fent jo allà?"

"Fer fotos. Què més seria? Potser els organitzadors de l'esdeveniment desitgin algunes fotos boniques per records o alguna cosa per l'estil".

"Definitivament puc fer això", va respondre Júlia. "Per ser honesta, des que vaig començar a fer fotos de les teves sessions d'esclavitud, tota la resta que faig a la feina sembla molt avorrit en comparació".

Catherine va somriure.

"Sabia que t'agradaria. Ets aquest tipus de noia. Ara, si em disculpes, tinc una cita en uns minuts".

"Oh, és clar. Gràcies pel teu temps".

Júlia es va aixecar i va estendre la seva mà per una encaixada de mans abans de marxar.

"Una cosa més", ha afegit Catherine. "Els meus altres amics no sempre juguen legalment. Així que, si vols seguir treballant per a mi, llavors has d'estar segura".

"Estic segura."

Catherine va fer que sí amb el cap.

"Això pensava. Ens mantindrem en contacte. I ens posarem en contacte amb tu aviat".

CAPÍTOL 10

Una setmana després.

Era la matinada de dimarts.

Julia va ser despertada per una sèrie de cops a la porta.

Va sortir del llit, es va mirar breument al mirall i després va obrir la porta.

Per a la seva sorpresa, era la secretària de Catherine sostenint un petit paquet.

"Bon dia", va dir la secretària amb un somriure radiant.

"Bon dia, entra".

La secretària va entrar en el petit apartament amb el paquet i Julia va tancar la porta.

"Lamento molestar-la tan d'hora", va dir la secretària. "Estic ocupada la resta del dia, així que aquest era l'únic moment que tenia".

"No et preocupis. Vols un cafè o prendre alguna cosa?" Júlia va preguntar.

"Estic bé moltes gràcies."

"Llavors, què et porta per aquí aquest matí?"

"Catherine ha contactat amb els organitzadors de l'esdeveniment", va respondre la secretària. "A tots els encanta la teva feina i pensen que les teves fotos serien benvingudes".

"És una gran notícia. M'encantaria assistir".

"No obstant això, hi ha una condició".

"Què és?" Júlia va preguntar.

"L'esdeveniment d'esclavitud és exclusiu, i no deixen entrar ningú estrany. Per tant, hauràs de tenir una iniciació abans que puguis fer fotos allà".

La notícia va despertar a Julia més fort que qualsevol tassa de cafè.

"Què vols dir?"

"Hi ha un procés d'iniciació per als nous membres. M'han dit que no hi ha forma d'evitar-ho. Has de fer-ho, si vols seguir treballant per Catherine".

"Bé, què requereix aquesta iniciació? ¿Alguna cosa extrem?"

"Canvia cada vegada", va respondre la secretària. "Vaig ser iniciada fa uns anys, i va ser bastant tranquil. Però per a altres persones, vaja. No voldria haver estat ells".

Julià de cop i volta va sentir que la seva ment donava voltes.

Volia la feina més que res, i no volia decebre Catherine a l'negar-se.

"Digues als Catherine que ho faré", va dir la Júlia.

La secretària va somriure i va col·locar el paquet en una taula propera.

"Ella sabia que t'interessaria. Això és per a tu".

"Què és?"

"Obre'l i ho veuràs."

Julia va aixecar la tapa de l'paquet i va veure una màscara daurada sobre una fina tela negra.

La màscara era elegant i similar a la que fa servir Catherine durant cada sessió d'esclavitud.

"¿Per què és això?" Va preguntar la Júlia, mentre prenia la màscara per examinar-la.

"Hauràs de fer-la servir per a l'esdeveniment. És de el mateix tipus que Catherine, el que farà que la gent sàpiga que ets la seva convidada i la seva submisa".

Julia va continuar mirant-lo.

"És una bella màscara".

"Certament ho és. També hi ha un abillament en el paquet. Hauràs de fer-lo servir. Res més, excepte els talons".

Julia va aixecar la prima tela negra d'el paquet.

Era completament transparent.

"No es em permet usar res més sota?" Júlia va preguntar.

"No, res. L'esdeveniment comença a les set de la tarda d'dissabte. Un conductor vindrà a recollir-te a les sis, així que prepara't. Se't permet usar un abric per cobrir el teu cos quan caminis cap a l'acte, però treu-te'l un cop que arribis a l'esdeveniment. No oblidis portar la màscara i la teva càmera ".

"Puc fer-te una pregunta personal?"

"És clar", va respondre la secretària.

"Creus que puc seguir amb això? Vull dir, en la teva opinió, creus que podré gestionar el que succeirà en l'esdeveniment?"

La secretària va somriure.

Només hi ha una manera d'esbrinar ".

CAPÍTOL 11

Dissabte a la nit.

La porta de l'ascensor es va obrir i Julia va caminar ràpidament pel vestíbul del seu edifici d'apartaments.

Portava talons alts i un abric gran.

A sota, portava el vestit negre transparent i res més.

Sostenia el paquet amb la màscara d'or dins, i una altra caixa que contenia la seva càmera.

Ella va caminar tan ràpid com va poder perquè ningú la veiés.

Un acte negre l'esperava, amb el conductor sostenint la porta oberta.

Quan va entrar en l'acte, va veure a Catherine asseguda al seient del darrere.

Una vegada que Júlia es va asseure, el conductor va tancar la porta i es va dirigir cap al seu destí.

"Et veus bonica amb aquest abillament", va dir Catherine. "És agradable veure't en alguna cosa una mica més sexy que el que fas servir normalment".

"Gràcies. Et veus genial també".

Els ulls de Julia van recórrer el cos de Catherine, que estava molt més nu.

Catherine no estava avergonyida d'estar asseguda en l'acte usant només un prim vestit negre.

Cada corba en el seu cos era completament visible, i els seus grans mugrons marrons es podien veure a través de l'prim material.

"Sembles una mica nerviosa", ha assenyalat Catherine.

"Més o menys. Tot aquest procés és bastant intimidatori per a mi. Vaig escoltar que hi ha una iniciació per la qual he de passar".

Catherine va somriure.

"Has sentit el correcte".

"Pots a el menys donar-me una idea del que passarà?" Julia va preguntar amb timidesa.

"Em temo que no, afecte. Però no et preocupis. Estàs en bones mans".

"Això espero. Déu, això fa una mica de por".

"Llavors per què ets aquí?" Catherine va preguntar sense embuts. "Quina és la veritable raó? Ha de ser alguna cosa més que curiositat professional. Admet-ho, ets una puta en secret".

"No sóc una puta".

"Llavors potser hauria demanar-li a l'conductor que giri aquest acte i el porti de tornada a la teva departament.

"Espera", va respondre Julia ràpidament. "Sóc aquí perquè m'agrada el que fas. Crec que és emocionant. Vull seguir observándote".

"Tens fantasies d'unir-te? Alguna vegada vas pensar en ser assotada, obligada a que usi amb tu un cinturó dins de qualsevol dels teus forats estrets?"

"Sí que ho he fet."

Un somriure maliciós va aparèixer a la cara de Catherine.

"Per descomptat. Sabia que tenies potencial de submissió des del dia que vaig entrar en el teu estudi. En general, són les noies tranquil·les les que es converteixen en les guineus més grans"

"No sóc una puta".

"La iniciació hauria d'encarregar d'això. Recorda, ningú t'obliga a ser aquí. Pots anar-te quan vulguis".

Un calfred de por i emoció va ser enviat per la columna de Julia.

Es va preguntar a què es referia Catherine, però Catherine simplement va tornar el cap amb un lleu somriure i va mirar per la finestra de l'acte.

QUARTA PART
Dolor i plaer

CAPÍTOL 12

Es van obrir les portes de seguretat i es va permetre que l'automòbil ingressés a la gran propietat.

L'acte es va aturar davant d'una mansió, i les dues dones es van baixar d'ell.

"Aquí és on ens posem les nostres màscares", va dir Catherine. "I treu-te l'abric. És hora de mostrar aquest bonic cos que tens".

Júlia es va treure l'abric i el va llançar dins de l'acte.

Una lleugera brisa de vent li va recordar el vulnerable que era.

Va sentir que l'espai entre les seves cames formiguejava per l'aire fred.

Els seus mugrons rosats van posar rígids per una segona ronda de brisa.

Julia va tancar les cames amb força en un feble intent de cobrir la seva feminitat.

Les dues dones es van posar les seves màscares d'or.

Julia va ficar la mà en l'acte i va agafar la seva càmera.

Van tancar les portes i l'acte es va allunyar.

L'entrada a la mansió estava vigilada per dos homes robustos.

També portaven màscares i van romandre en silenci mentre les dues dones s'acostaven a ells.

"Contrasenya, si us plau", va preguntar un dels guàrdies de seguretat emmascarats.

"Tovallola", va respondre Catherine.

"Poden procedir senyores".

El guàrdia va obrir la porta i van entrar a la mansió.

Júlia es va meravellar de l'extravagància de l'edifici.

Semblava que fos construït per a una família reial.

Pintures, decoracions i articles de col·lecció estaven exhibits a les parets.

L'entrada per la qual van entrar estava coberta per una gran catifa vermella.

Van caminar per un gran saló.

"Has d'esperar una estona a l'habitació de convidats", va dir Catherine. "Algú vindrà a buscar-te en breu".

Julia va respirar fondo.

"Bé."

"Estaràs bé. Calma't".

"Pots dir-me què passarà?" Júlia va preguntar. "Estaria menys nerviosa si ho sabés".

"No. Espera a l'habitació fins que algú vingui per tu. Estigues posada la màscara i deixa la teva càmera allà. Hi haurà temps de sobres per fer fotos més tard".

Catherine va obrir la porta i li va indicar a Julia que entrés a l'habitació.

L'habitació de convidats era senzilla, amb alguns mobles de fusta.

Julia va respirar fondo i va entrar.

CAPÍTOL 13

Va perdre la noció de el temps que va esperar.

Ella mai es va treure la màscara.

Després d'avorrir estar asseguda i esperar, Julia es va parar davant d'un mirall i es va mirar a si mateixa.

La màscara era encantadora.

I no podia deixar de pensar en com els seus mugrons rosats i la seva vagina eren visibles a través de la prima tela de l'vestit.

Es va qüestionar-se a si mateixa ia les seves raons per ser-hi.

Abans que pogués pensar més, van trucar a la porta.

Va entrar una dona, completament nua, vestida només amb una màscara d'or.

"Segueix-me", va dir la dona nua amb veu suau.

Julia la va seguir fora de l'habitació i van sortir pel passadís.

S'havia fet més fosc.

Moltes de les llums havien estat apagades i hi havia una gran quantitat d'espelmes enceses en totes les direccions.

Hi havia un grup de persones emmascarades de peu al passadís.

Alguns estaven nus, alguns portaven vestits.

Tots portaven màscares.

Estaven aturats en cercle, amb Catherine de peu al centre.

Catherine estava completament nua excepte per la màscara.

Era la primera vegada que Julia veia el cos completament nu de Catherine.

Julia admirava la seva figura tonificada i els seus voluptuoses corbes amb grans mugrons marrons.

Julia va ser conduïda a centre de l'cercle, parada directament davant de Catherine.

Els altres convidats emmascarats a l'habitació van romandre en silenci.

"Benvinguda Julia", va dir Catherine. "El comitè va decidir admetre-la en el nostre Club privat. No va ser una decisió fàcil, però la qualitat del seu treball i la seva discreció és el que va permetre la seva entrada. No obstant això, hi ha condicions per a aquesta acceptació, ¿li agradaria saber quines són?

"Sí", Julia va assentir nerviosament.

"Primer, has de experimentar la submissió sexual perquè el grup ho vegi. En segon lloc, he d'utilitzar quinze clips de roba en el teu cos durant el procés. Finalment, heu de tenir orgasmes a l'almenys dues vegades durant la propera hora. Totes les condicions són obligatòries. Pots acceptar-les o anar-te ".

Julia va respirar fondo.

"Accepto."

"Digues-nos per què acceptes. Per què vols que se't facin actes tan dolorosos i degradants? Ets una noia molt dolça".

Júlia va pensar per un moment.

"Veure les seves sessions en els últims dos mesos m'ha obert els ulls a alguna cosa nova. Vull seguir sent part d'això".

"¿Fins i tot si això significa haver de passar per aquesta iniciació?" Catherine va preguntar.

"Sí."

"¿I en què et converteix això?"

"En una puta".

Catherine va fer que sí amb el cap.

"Treu-te el vestit. Mostra'ns el teu bell cos".

Hi va haver un calfred a la columna de Júlia.

Tot i les màscares, Julia podia sentir tots els ulls a la sala esperant amb anticipació.

Lliscar el vestit transparent fins als peus i es va quedar completament nua.

Ella va resistir l'impuls de creuar les cames i va permetre que el seu entrecuix bé afaitada romangués descoberta.

També va resistir l'impuls de cobrir els seus pits petits i permetre que els seus mugrons rosats sobresortissin.

Catherine va fer un pas endavant i estava a pocs centímetres de Júlia.

Va estendre la mà i va tocar el petit pit de Julia, acariciant suaument amb la mà.

Va envoltar el mugró rosat amb el seu dit, després ho va pessigar amb força.

"Ohh ..." Julia va panteixar.

"Et estic fent mal?"

"Una mica."

"Ens aturem llavors?"

Júlia sabia que li estaven donant un ultimàtum subtil.

"No. Si us plau no parells".

Catherine va pessigar el mugró encara més fort, fent que Julia jadeara de nou.

"Pot ser que no t'agradi això a del principi. Però et ..."

Una dona nua emmascarada se'ls va acostar sostenint un coixí amb un petit munt de pinces per a la roba.

Catherine va prendre un dels clips, el va obrir i el va col·locar sobre el mugró de Júlia.

Lentament va permetre que el clip premés el mugró, a poc a poc.

Catherine va deixar anar la pinça que va prémer el mugró amb força, fent que s'inflés.

"Fa molt de mal", va dir Julia amb una desesperació tranquil·la.

"Vols parar? Les condicions no són negociables".

"Quant de temps estarà el clip allà?"

"Fins que arribis a l'orgasme dues vegades aquesta nit. Puc accelerar les coses si vols. Seria més fàcil per a un principiant com tu".

"Si us plau ..."

Catherine va buscar un altre fermall de roba, i ho va usar sense pietat en l'altre mugró de Júlia.

"Ahhh ..." Julia va cridar.

"Això són dos clips fins ara. Queden tretze".

"On els vas a posar?" Julia va preguntar, gairebé amb por.

Catherine es va inclinar cap endavant i li va dir a l'orella a Julia.

"Què tal en els teus llavis vaginals? Aquest és el lloc tradicional per a una dona. Vols deixar de patir o unir-te al nostre club?"

Era el punt de no retorn.

Júlia es va decidir en un moment, fins i tot encara que li feien mal molt els mugrons.

Els seus mugrons en comptes de rosats s'estaven tornant d'un to vermell fosc.

"Em nego a renunciar".

"Llavors jeu cap per amunt. I obre les cames".

Júlia es va estirar d'esquena sobre el pis encatifat, amb les cames obertes de bat a bat.

La seva feminitat estava completament exposada, esperant el dolor dels clips de la roba.

Catherine es va agenollar i es va prendre el seu temps per examinar el cony davant.

Ella ho va estudiar i el va admirar.

Catherine va prendre un clip de roba, el va obrir i va aixecar la banda esquerra dels llavis de Julia.

"Això pot fer mal una mica", va advertir Catherine. "Ets una dona adulta. Així que actua com a tal".

Amb aquestes paraules de precaució, Catherine va deixar anar cruelment el clip, fent que de cop i volta premés els llavis, fent que Julia cridés.

Catherine va somriure i va buscar un altre clip, aquest cop, deixant-lo anar suaument als llavis.

La pressió de el segon clip va provocar que els llavis canviessin de forma.

Catherine va continuar el procés fins que el costat esquerre dels llavis de Julia es va cobrir amb pinces per a la roba.

"Com se sent el teu cony?" Catherine va preguntar.

Julia va recolzar el cap sobre la catifa i va lluitar amb el dolor de les seves mugrons i llavis estrets pels clips de la roba.

"Em dol molt".

"Això demostra que ets humana. Estic orgullosa de tu per durar tant de temps. La teva iniciació és més dura que la majoria perquè la teva experiència financera no és la mateixa que la nostra i no tens antecedents d'esclavitud".

"Entenc."

"Bona guineu. La part difícil gairebé ha acabat".

Catherine va buscar un altre clip de roba, aquest cop col·locant suaument sobre els llavis drets de Julia.

Júlia ja no va retrocedir i no gemegar.

Ja s'havia acostumat a el dolor en les seves àrees sexuals sensibles.

El patró va continuar fins que tots els clips es van usar al cony de Júlia.

La vagina, abans bonica i atractiva, s'havia deformat de sobte.

Els llavis vaginals s'estiraven en diferents direccions com l'argila.

Catherine va mirar dins de el cony rosat de Julia i va veure que estava mullat.

"Estàs a punt per el teu primer orgasme", va dir Catherine. "¿No és així?"

"Ho estic."

Catherine va assotar el centre de el cony de Julia sense previ avís.

El xoc va fer que Julia cridés en una rara combinació de dolor i plaer.

Les natges al cony de Julia van continuar fins que les puntes dels dits de Catherine es van cobrir amb fluids vaginals.

"Estàs amarada, estimada", va dir Catherine. "Crec que estàs llista".

Amb això, Catherine va inserir dos dits dins de cony i va usar els dits de la seva altra mà per jugar amb el clítoris de Júlia.

Va ser una combinació potent.

Els seus dits eren hàbils per complaure sexualment a altres dones.

Amb els dits estava sent treballada d'una manera particular i hàbil.

Julia va gemegar de plaer.

Ja no li importava el grup de persones emmascarades que l'observaven.

En aquest punt, tot en el que podia pensar era en la sensació de cremor en el seu cony i mugrons.

Els dits van continuar el treball frenètic.

Catherine anava més i més ràpid amb més intensitat.

El cos de Julia es va sacsejar.

Ella va gemegar.

Catherine va sentir que Júlia estava a la vora del seu primer orgasme, pel que va treballar encara més dur, tocant el cony calent.

Júlia es va retorçar, va gemegar i la seva esquena es va arquejar.

Julia va deixar escapar un gran crit i els seus dits es curvaron, després el seu cos es va relaxar.

"Aquest és el primer orgasme fins ara", va somriure Catherine, mirant els seus dits que estaven coberts de suc de cony. "Ara és el moment de l'orgasme número dos. Però aquest va ser una mica més difícil. Pots deixar-ho quan vulguis. ¿Llista?"

"Sí."

Catherine fer petar els dits, i dues dones nues emmascarades van venir i van embolicar corretges de cuir al voltant de les mans i turmells de Júlia.

Van guiar a Julia a donar-se la volta, de manera que estava de genolls.

Van estendre les mans i turmells de Julia, i els van enganxar en ganxos a terra.

Julia estava cap per avall, completament lligada i indefensa.

"La teva prova final és de divuit centímetres al teu darrere. No et preocupis gateta, faré servir molta lubricació per a tu".

Els ulls de Julia es van obrir.

Les corretges d'esclavitud en les seves nines i turmells estaven atapeïdes, i no tenia on anar, llevat que decidís renunciar, el que acabaria permanentment amb la seva relació amb Catherine.

Es va negar a renunciar, fins i tot quan va sentir els dits de Catherine empènyer dins del seu darrere.

Els dits estaven recoberts d'una gruixuda lubricació.

Els dits van sondejar el seu petit anus tan lluny com van poder.

Catherine no va ser molt gentil.

Per a ella era tot negoci.

Així que Julia simplement posar la seva cara emmascarada contra el terra i va acceptar la penetració de el dit dins del seu cul.

"Vaig a utilitzar la corretja amb el penis que m'has vist fer servir tantes vegades en els meus submisos", va dir Catherine, recolzada sobre el cos de Julia. "Aniré lent a el principi, però espero que segueixis després amb el meu ritme".

En aquest moment, Julia tenia records de tots els homes emmascarats que havien estat follados analment per la varietat de diferents cinturons de Catherine.

Júlia s'havia imaginat estar en el paper de submisa tantes vegades abans.

Però mai havia imaginat que realment li passaria a ella.

La punta de l'arnés va pressionar fortament contra l'anus de Júlia.

Catherine va usar les seves mans per separar les natges de Julia, el que va permetre que l'objecte sexual penetrés en el petit forat.

Julia va gemegar sorollosament quan l'objecte va entrar en el seu cos.

Lentament es va obrir pas dins del seu recte.

Ella va tancar les mans amb força i va serrar les dents.

Quan l'objecte continuar el lent viatge en el seu cul, va obrir la boca i va deixar escapar un gemec.

Va continuar fins que l'entrecuix de Catherine pressionar contra el seu darrere.

"Noia valent", va dir Catherine a l'oïda de Júlia. "La majoria de la gent ja hauria renunciat. No tu. Ja gairebé has acabat. Això es sentirà bé en un moment".

Catherine es va retirar lentament de l'recte de Julia, i després va donar un suau empenta, ficant-profundament dins una vegada més.

Feia servir lentament el ritme d'acord amb la tensió de Julia.

Cada empenta feia que Julia gimiera.

Julia va mirar al voltant de l'habitació mentre estava sent sodomitzada.

Els convidats emmascarats estaven en silenci i miraven l'espectacle.

Es va preguntar què pensarien d'ella.

Es va preguntar si estaven excitats.

Es va preguntar si voldrien també entrar en el seu darrere.

L'empenta dins el cul de Julia va continuar.

A el dolor aviat es va unir el plaer.

Els seus mugrons i el seu cony encara li feien mal molt pels clips de la roba.

El dolor continuava creixent, però el plaer també creia amb la mateixa intensitat o major.

El seu anus encara li feia mal per la joguina sexual de divuit centímetres, i no s'acostumava del tot.

Però hi havia un estrany plaer creixent dins d'ella.

Ser follar analment perquè tots la veiessin era emocionant.

Era sensacional.

Els empentes es van fer més ràpids i profunds.

Catherine va mostrar menys pietat i menys tendresa, i realment va començar a ser rude amb Julia.

Julia estava sent tractada com qualsevol de les submises de Catherine, la qual cosa era un compliment per Julia.

Significava que Catherine sabia que Julia era prou forta i digna com per rebre el càstig anal.

"Puc sentir el teu orgasme acostant", va dir Catherine, mentre empenyia. "Corre't per mi, estimada. Fes-ho i uneix-te al nostre club".

"Ho estic intentant", va panteixar Julia.

"Potser això ajudi, gateta".

Catherine va buscar sota i va començar a jugar amb el clítoris de Julia, mentre la sodomitzava.

La sexualitat de Julia estava sent assaltada per totes bandes.

Li feien mal els mugrons.

Li feien mal els llavis.

El seu anus i recte estaven sent colpejats sense pietat.

Ara el seu sensible clítoris estava sent masajeado.

" 'Oh, Déu meu !!!" Julia va gemegar.

L'esquena de la jove es va arquejar violentament, i les seves mans i peus es van estrènyer amb totes les seves forces.

Els fluids van sortir del seu cony i van cobrir el terra.

Per segona vegada, es va córrer davant de tots un cop més.

"Felicitats", va dir Catherine, fregant els cabells de Júlia. "Ara ets membre del nostre club".

Catherine va treure lentament la joguina sexual de el darrere de Julia i es va aixecar.

Ella va observar a Julia a terra.

Julia estava esgotada sexualment de moment i lentament tornava a si mateixa.

Les altres dones emmascarades van venir a deslligar a la Júlia, i li van treure les pinces dels mugrons i el cony.

Júlia es va posar dret, i els altres convidats emmascarats a la sala van donar un aplaudiment al seu nou membre.

EPÍLEG

Sis mesos després.

Júlia portava un bonic vestit mentre esperava a l'ascensor.

Ella sostenia un gran sobre groc.

Quan va arribar al seu pis, va saludar la secretària amb un somriure familiar.

Després va entrar a l'oficina de Catherine.

Es van intercanviar bromes i Catherine va obrir el sobre per mirar les imatges recentment revelades mentre les dues s'asseien.

"T'has superat a tu mateixa", ha assenyalat Catherine, mirant les fotos. "Treball exquisit. Els angles de la càmera, la il·luminació, el temps. Aquestes són perfectes. Als nostres amics de el club els hi encantarà".

"Gràcies. Espero que les gaudeixin".

"És una pena que aquestes imatges hagin de romandre privades. El teu talent com a fotògrafa hauria de ser reconegut per molta més gent".

"El reconeixement teu és suficient", va dir Julia amb valentia.

Catherine va somriure.

"Que noia tan dolça".

"Vaig veure el meu xec col·locat a l'escriptori de la secretària. Estic segura que és un altre pagament generós, pel que estic molt agraïda. Però avui esperava alguna cosa una mica més ... extra ..."

Catherine es va ajupir a la vostra empresa llevar-se les calces sota de la faldilla.

"Molt bé. Has trenta minuts abans de la meva propera reunió".

"Gràcies."

Júlia es va acostar a l'escriptori de manera informal.

Ella va tractar d'ocultar la seva impaciència, però totes dues sabien com se sentia realment Júlia.

Catherine va obrir les cames i va veure a Julia posar-se de genolls.

El límit era trenta minuts, de manera que Julia no va perdre el temps i va començar a menjar el cony de la seva Estima Dominant fins que va arribar a el punt de l'orgasme.

FI